Didier Goupil

La lettre à Anna

roman

Fayard

L'auteur tient à remercier Anne Rotenberg, le CNL et le Festival de la Correspondance de Grignan pour l'aide précieuse qu'ils ont apportée à l'écriture de ce livre.

I

Ce n'est pas au Conservatoire ni même dans une quelconque salle de concert, mais dans la rue, que sa carrière débuta vraiment.

La Grande Guerre venait de se terminer, et Samuel, qui devait penser à gagner sa vie, jouait tous les jours dehors, passant sans état d'âme des restos ouvriers aux immeubles des beaux quartiers.

L'école, pour lui, était finie. Le violon était devenu sa vie, toute sa vie, mais, ayant toujours mieux compris les notes que les mots, il n'en éprouva jamais de regrets.

D'autant que, le soir venu, il écumait les clubs de Montparnasse, et que c'était l'anglais, voire l'américain, qu'il pratiquait alors.

À l'affût du moindre musicien à remplacer, il acceptait tous les cachets qu'on lui proposait et trouvait, chaque nuit ou presque, une scène où s'exprimer.

Bien sûr, on ne venait pas l'écouter; avant tout, c'est sa discrétion que l'on réclamait. On ne devait pas l'entendre. Ou à peine. Il était là pour accompagner le mouvement, pour embellir l'atmosphère.

Un client, une fois, avait même envoyé le serveur lui demander de baisser le ton, le son de l'instrument dérangeant sa conversation.

Les consignes de la direction sur ce point étaient on ne peut plus claires : les bouchons de champagne devaient faire plus de bruit que les cordes de son violon.

«Le violon, ne l'oublie jamais, l'avait prévenu un jour Grégor, son vieux professeur, était à l'origine un instrument rustique, presque vulgaire, uniquement réservé aux domestiques.»

C'est la viole, alors, qui était aristocratique et raffinée.

Mais la roue tourne, les temps changent, et l'heure aujourd'hui était davantage au swing.

Si l'on savait s'adapter, ce n'étaient pas les bals et les soirées qui manquaient, et Samuel subvenait maintenant correctement à ses besoins.

Devenu très bon violoniste, il s'était fait une réputation dans le milieu, et selon la saison il alternait, ville d'eaux ou station balnéaire, dîner ou thé dansant.

Les années étaient complètement folles, et les filles, plutôt faciles. Le concert fini, pleines de couleurs et de petits cris, elles se jetaient sur l'orchestre comme une nuée de colibris sur un fruit trop mûr.

De liaisons en ruptures, et de saisons en contrats, la carrière de Samuel ressemblait à celle de nombreux musiciens des années 30.

Un jour un grand hôtel, le lendemain un casino. Un jour du tango, le lendemain des valses ou des mazurkas.

C'est ce qu'on appelait apprendre le métier. Et l'apprendre sur le terrain.

Or le terrain tremblait. Sous la poussée de la vague venue d'outre-Atlantique, chaque soir, sur scène, le sol se dérobait sous ses pieds…

Dans les dancings et tous les lieux en vogue, c'étaient les big-bands venus de Chicago ou de New York, de très grands orchestres comme il n'y en avait pas alors en Europe qui régnaient en maîtres.

On les entendait partout, à la radio, dans les restaurants. La première fois que Samuel avait entendu un morceau de jazz, c'était à Saint-Germain. Cela avait été un choc. Il en avait été littéralement secoué.

Peu de temps après, alors qu'il changeait une corde dans les coulisses, il s'était mis à improviser pour accorder l'instrument, quand, à sa surprise, un guitariste noir, appartenant à l'un de ces grands orchestres en tournée, l'avait rejoint et avait commencé à lui répondre en laissant ses doigts inventer la musique au fur et à mesure.

On entrait dans l'ère du swing. Ça tombait bien, Samuel avait le swing dans le sang.

C'est ce sens du swing qui lui valut d'être embauché à La Croix du Sud, où, associé à trois autres musiciens, il forma une sorte d'orchestre de jazz jouant beaucoup de l'improvisation.

La Croix du Sud était un cabaret important, un haut lieu de la culture fréquenté par nombre de personnalités.

La salle accueillait régulièrement de jeunes artistes qui trouvaient là un lieu pour s'aguerrir.

Parmi eux, un jour, il y eut Anna. La belle Anna. Elle passait en première partie, mais elle avait une voix si douce qu'elle ne tarda pas à rejoindre la formation, d'abord au chant, puis très rapidement au piano, en remplacement du pianiste, parti un matin sans prévenir.

Elle ne tarda pas davantage à rejoindre Samuel, d'abord dans la mélodie, puis très vite dans la vie.

Dès le début, dès le premier soir, ils s'étaient fait les yeux doux sur les ballades du programme, et leurs duos, bientôt, ne trompèrent plus personne.

Samuel était amoureux. Amoureux de la voix d'Anna. Amoureux de ses yeux, de ses cheveux.

Anna n'était pas l'une de ces petites furies qui s'agitent au petit matin, le verre à la main.

C'était un rossignol. C'était son rouge-gorge, son alouette.

Le succès aussi était au rendez-vous. La salle, tous les soirs, était bondée, et les critiques, si souvent incisifs, se montraient particulièrement cléments.

Il leur avait pourtant été difficile de convaincre les maisons de disques : un orchestre sans tambour ni trompette, c'était du jamais vu.

Du jamais entendu non plus et dès les premiers enregistrements, dès les premiers articles dans la presse, leur renommée était établie.

Les éditeurs se présentaient enfin. Même les firmes américaines se montrèrent séduites et proposèrent des contrats à la formation.

D'autant que Samuel composait maintenant régulièrement et que sa liberté de ton retenait d'emblée l'attention.

Avec Anna, ils filaient le parfait amour, et si, au regard de Dieu, ils n'étaient toujours pas mariés, ils s'étaient déjà fiancés plusieurs fois.

Une première fois, un soir, en s'embrassant dans un restaurant grec… Une deuxième, en se baignant nus sur la plage de Deauville, après une soirée trop arrosée… Une autre, en mangeant des biscuits dans un train de nuit qui les ramenait de l'Algarve, après un récital…

Sans compter tous les soirs où, sourire aux lèvres, ils se disaient « oui » en jouant.

Après La Croix du Sud, ils furent engagés à plein temps au Claridge, le rendez-vous chic du Tout-Paris.

Des vedettes et des gens importants s'y retrouvaient. On y rencontrait également beaucoup d'Anglo-Saxons de passage.

Encouragés par l'engouement du public, chaque jour plus enthousiaste, Samuel et ses musiciens finirent par exiger qu'on supprime la piste de danse.

Les gens dès lors ne vinrent plus pour se contorsionner ou gigoter dans tous les sens, mais pour écouter, pour apprécier la musique que Samuel s'évertuait à leur distiller.

Le violon n'était pas seulement l'instrument des domestiques, l'instrument des valets et des laquais, c'était aussi un instrument de soliste, l'instrument d'un artiste à part entière.

Sa vie lui paraissait désormais toute tracée, et comme réglée sur du papier à musique.

Elle aurait la forme d'un violon, et il la traverserait en smoking.

Les temps étaient pourtant plus troublés que n'auraient pu le laisser supposer les subtiles mélodies que, chaque soir, dans son habit de lumière, il tirait de son archet.

Sur la scène internationale, les fausses notes se multipliaient et, après la Tchécoslovaquie, c'est maintenant Varsovie qui était sous la botte.

Le rythme que leur imposaient les tournées, de plus en plus longues et de plus en plus lointaines, les éloignait chaque jour davantage des réalités, et du temps, beaucoup de temps passa avant qu'Anna et Samuel ne mesurent la gravité de la situation.

Après une première tournée au Royaume-Uni, ils s'envolèrent pour plusieurs mois en Amérique du Sud, où ils séjournèrent dans différents pays.

Au Brésil, Samuel fut surpris et comme saisi par une musique totalement originale pour lui, la samba, dont la cadence l'envoûta.

Malheureusement, de retour à Paris, la samba ne survécut pas longtemps à la morosité ambiante. Les menaces d'un conflit généralisé se précisaient de jour en jour, et leur deuxième tournée en Angleterre, qu'ils enchaînèrent dans la foulée, se révéla cette fois franchement sinistre.

Dans les rues, les exercices de black-out s'étaient multipliés et, certains soirs, durant les répétitions, ils avaient été obligés de jouer avec des masques à gaz.

Le 3 septembre, enfin, ce qui devait arriver arriva. La guerre éclata.

II

Seuls les fous et les enfants osaient encore être dehors.

Paris d'un coup était devenu trop petit, et dès la nuit venue, la ville se transformait en une souricière dont il y avait tout à craindre.

Depuis l'instauration du couvre-feu, il était dangereux de se promener dans les rues, et Samuel chaque soir appréhendait le chemin du retour. Il fallait pourtant bien, après le concert, rentrer chez soi. Il ne pouvait quand même pas passer la nuit à boire, ou à dormir sur le comptoir, et malgré les patrouilles de police, malgré la milice qui pouvait surgir à tout moment, l'instrument sous le bras et la peur au ventre, il faisait la route jusqu'à chez lui.

Le quartier où il habitait avait peu à peu été séparé du reste de la cité, et il avait l'impression, en y pénétrant, que des grilles invisibles se refermaient sur lui et l'enfermaient mieux que ne l'aurait fait une cage.

L'étau se resserrait de jour en jour, il le savait et, serrant contre lui l'étui de son violon, il sautait de porche en porche, et ne traversait les carrefours qu'à toutes jambes.

Maintenant la question n'était même plus : Comment faire pour poursuivre sa carrière en temps de guerre ? Mais plutôt : Comment faire pour s'en sortir ? pour continuer à subvenir à ses besoins ?

Depuis le nouveau statut, qui l'avait rendu inapte à l'exercice des arts, c'était comme s'il était revenu à la case départ, et qu'il avait été rendu à la rue.

Interdit de concert, il enchaînait toute la semaine les établissements de seconde zone qui voulaient bien de lui, jouant valses et tangos devant des publics plus interlopes les uns que les autres.

À leur retour de Londres, ils avaient, Anna et lui, cherché à monnayer leur réputation et la complémentarité de leur jeu. Ils avaient fini par trouver un bel hôtel, sur l'autre rive, où ils s'étaient produits en duo, remportant un vif succès auprès de l'assistance, avec des fugues et des fantaisies pourtant bien trop douces pour l'époque.

Mais bientôt il y eut le couvre-feu, et la rumeur dans le quartier commença à enfler : la nuit venue, on raflait les gens dans les rues.

Samuel préféra alors qu'Anna reste à la maison, où elle donna des cours de solfège et des leçons de piano aux enfants de l'immeuble, que leurs parents ne voulaient plus voir partir en ville.

Lui, de son côté, s'était remis à courir le cachet, et il allait de troquets en bastringues, et de boîtes mal famées en bordels.

Son violon sous le bras, et la cravate au cou, il acceptait tout : remplacer quelqu'un au pied levé, prendre le saxo ou la clarinette, et même jouer les chorus pour des orchestres minables.

Les coussinets de ses doigts avaient beau être comme du velours, il avait dû quitter le devant de la scène. De nouveau, il marchait dans le caniveau.

Ils avaient trop tardé. Partir était devenu impossible.

L'accès aux trains était surveillé, et même la zone libre, dorénavant interdite.

L'engrenage auquel ils étaient enchaînés se révélait infernal. Il avait d'abord fallu s'incliner devant l'ennemi. Accepter d'être humilié. Et ce n'était pas fini, puisque désormais on ratissait les immeubles et réquisitionnait leurs habitants pour une prétendue « rééducation sociale appropriée ».

Les autorités affirmaient envoyer les gens en vacances aux confins du pays.

Les gens, quant à eux, redoutaient des années de travaux forcés dans un camp à l'étranger.

Les premiers convois étant prévus pour le printemps, seuls les fous et les enfants osaient encore, la nuit venue, être dehors.

C'était l'été, le tout début de l'été, et Samuel, ce dimanche-là, avait comme d'habitude joué au Café Régence.

Il y avait des clients encore, mais l'ambiance générale était plutôt sombre. Après le concert, il avait traîné et bu une bière au bar. Il était tard, les dernières tables étaient parties, et il ne restait plus que le personnel qui s'affairait aux ultimes tâches de la journée.

Le directeur, assis devant ses comptes, avait l'air abattu. Visiblement soucieux, il donnait ses ordres sans conviction, pour la forme.

En quittant le comptoir, Samuel le salua d'une main amicale : « À dimanche, patron... »

Le patron leva les yeux, et le dévisagea avec stupéfaction. Puis son expression passa à l'ironie.

Une ironie compatissante. De toute évidence, il ne se rendait pas compte ! Ces musiciens décidément n'avaient rien dans le ciboulot.

« Parce que vous croyez, jeune homme… que dimanche nous serons encore de ce monde ? »

Le violon sous le bras, Samuel se mit à courir dans la nuit, à courir dans Paris à en perdre le souffle…

En règle générale, pour limiter les risques, il suivait un itinéraire immuable, qui l'amenait à éviter les axes principaux et en particulier les grands boulevards.

Mais ce soir-là, dès qu'il eut quitté l'endroit, négligeant toute prudence, il se mit à courir et à prendre au plus court.

Sur les boulevards, les affiches des cinémas, sur lesquelles il ne leva même pas les yeux, annonçaient les nouveautés du moment : *Les Inconnus dans la maison* d'Henri Decoin, ou *Le Destin fabuleux de Désirée Clary* du brillantissime Sacha Guitry.

Rue après rue, maison après maison, le quartier avait été rogné par les continuelles allées et venues de la milice, et s'était encore rétréci.

Plongé dans l'obscurité, un silence complet y régnait.

Et c'est alors qu'il prit conscience qu'il y avait longtemps, plusieurs jours peut-être, qu'il n'avait pas entendu un seul chant d'oiseau dans la ville.

C'était l'été, il faisait beau, et pourtant pas le moindre sifflet le matin, et pas la plus petite sérénade le soir. Rien. Le silence, un assourdissant silence.

Même les oiseaux exotiques du quai de la Mégisserie, dans leurs cages, se taisaient.

Quand il pénétra enfin dans la rue où ils avaient trouvé à se loger, il souffla un instant, reprit sa respiration, puis, remontant son col, vérifia qu'il avait bien son portefeuille dans sa poche, et du pas le plus anodin rejoignit la porte de leur immeuble.

Avoir ses papiers sur soi ne vous accordait pourtant plus aucun droit, et ne vous préservait plus de rien.

Dorénavant, même les fous et les enfants n'osaient plus être dehors.

Samuel ne fut soulagé que quand il poussa la porte de l'appartement et entendit les notes du nocturne en *ut* de Chopin, joué très doucement, comme à voix basse, pour ne pas attirer l'attention.

L'appartement, pour la même raison, était plongé dans la pénombre, et seul l'abat-jour de la lampe, dans le salon, éclairait l'instrument et les doigts qui s'y posaient nerveusement.

La réclusion que lui imposait la situation et cette obscurité quasi permanente pesaient sur le moral d'Anna, qui perdait chaque jour un peu plus de sa gaieté.

Elle jouait dès qu'elle le pouvait, et de toutes les manières rejoignait systématiquement son clavier quand elle attendait son retour. Jouer lui permettait de contrôler ses émotions et de maintenir autour d'elle l'illusion que tout allait bien.

Il faisait très chaud ce soir-là et, après avoir sommairement soupé, ils se couchèrent en ne fermant que les persiennes, les fenêtres ouvertes.

En sueur et incapable de trouver le sommeil, Samuel ne tarda pas à se relever et à tourner en rond dans le noir. Il alluma la radio, l'écouta un moment comme si elle devait apporter une réponse à son inquiétude, puis l'éteignit et alla s'asseoir sur une chaise près de la fenêtre, où il resta aux aguets jusqu'à l'aube.

On aurait dit qu'il avait compris. Qu'il attendait qu'ils arrivent.

Maintenant que tout le monde était cloîtré chez soi, c'était simple, il suffisait d'aller chercher les gens chez eux, les uns après les autres.

Et, selon un principe qui semblait relever de la loterie, des immeubles, la nuit, étaient ratissés de fond en comble.

Au coup de sifflet, les gens devaient se rassembler dans la cour, puis on les emmenait dans des fourgons au centre de rassemblement, où ils montaient dans des wagons, avant de disparaître dans la nature.

Dans cette chasse à l'homme, les policiers, les crocs dehors, jouaient le rôle de chiens de troupeau, matraquant tout ce qui passait à leur portée.

Comme s'il avait su en effet qu'ils allaient arriver, il fut à peine surpris, à la première aube, de voir surgir au bout de la rue la masse vert-de-gris des véhicules de la police.

Anna eut juste le temps de préparer leur paquetage : des couvertures, des sous-vêtements et quelques vivres nécessaires au voyage.

Le violon resta sur la table, où Samuel l'avait posé, en entrant.

Le piano, lui, s'éteignit avec la lumière de l'abat-jour qui éclairait d'ordinaire les partitions.

À quelques pas des trains, qui curieusement empestaient le chlore, les gardes en armes avaient établi un large corridor qui permettait à la foule de s'écouler en bon ordre vers le convoi.

Quand les wagons bondés furent fermés à double tour, le convoi s'ébranla lentement vers le soleil couchant.

Le tri avait été rapide : les hommes d'un côté, les femmes et les enfants de l'autre.

Un bref instant, ils s'étaient retrouvés dans la foule, où ils avaient pu se toucher la main et bredouiller quelques mots, avant d'être sèchement séparés par le cordon de policiers.

Ils s'étaient regardés, puis s'étaient vus s'éloigner l'un de l'autre, sans qu'aucun son ne puisse sortir de leur gorge.

Anna avait les traits tirés et un sourire navré s'était emparé de ses lèvres.

Samuel était parti avec les hommes. Anna, avec les femmes.

Ils ne s'étaient pas embrassés. Pas serrés. Seulement promis de se retrouver bientôt, très bientôt ! Quoi qu'il arrive.

III

Aux premières lueurs du jour, Samuel, avec les autres, se rassemblait devant la fanfare, qui entonnait aussitôt une marche militaire vieille comme le monde.

Il leur était interdit de parler et, le calot à la main, les bras le long du corps, le cou tendu, ils attendaient les ordres.

Après l'appel, chacun partait avec son groupe et retrouvait son chantier, où, toute la journée, le ventre vide, il casserait des cailloux et creuserait des tranchées.

Puis arrivait le soir. La route à marche forcée, le bol de soupe rempli de flotte et la couverture bourrée de poux.

Au début, avec le retour toujours plus rapide du jour, il avait cru que le pire, ce serait la fatigue.

Mais il y avait pire que la fatigue : le froid. Et même pire encore que le froid : la faim.

Chaque jour, il perdait du poids. Il le sentait. Bientôt, il n'eut plus aucune idée des kilos qui lui restaient.

Il y avait même des jours où il avait l'impression de perdre de la peau.

De n'être plus qu'un vulgaire légume qu'on a décidé d'éplucher.

« Ce n'est pas possible, se répétait-il à longueur de journée... Ce n'est pas pensable... Qu'est-ce que je fais ici ? Mais, mon Dieu, qu'est-ce que je fais dans ce cauchemar... »

Y avait-il plus paumé en effet... pays plus perdu que la Poméranie ?

Rien ni personne ne pourrait le sortir de là. Non, ni lui ni Anna ne s'en sortiraient.

Anna !

Anna… Où était-elle aujourd'hui ? Pouvait-elle avoir été envoyée ailleurs ? Quel destin avait été le sien ?

Ce qu'il fallait, avant tout, c'était économiser ses forces. Économiser ses gestes, son souffle et même ses pensées.

Il y avait tant de choses à faire, et tant de choses à penser justement. Penser à ce qu'on va manger. À comment on va se réchauffer. À comment on va faire pour éviter le pire.

Si l'on voulait avoir une chance, une toute petite chance, il était recommandé d'apprendre vite, car il y avait beaucoup à apprendre. Apprendre à se nourrir. À mentir sans trembler. À se mettre dans la bonne file.

Et même tout cela, sur la durée, ne suffisait pas encore. Ce n'était que le minimum nécessaire.

Pour survivre, pour vivre chaque jour un jour de plus, il fallait que quelque chose en vous demeure vivant.

Qu'une croyance, même infime, persiste. Qu'un espoir, même mince, résiste à ce décor d'opérette taillé au rasoir.

Si Samuel, dans son pyjama de forçat, voulait survivre, il fallait que la musique en lui reste vivante.

Qu'il ne cède pas à la musique martiale et aux marches militaires. Qu'il résiste aux hymnes patriotiques.

Et dans sa tête, du matin au soir, alors que ses mains piochaient ou cassaient des cailloux, mesure après mesure, et ligne après ligne, il répétait toutes les partitions qu'il avait pu exécuter dans sa vie, rejouant pour lui seul tous les concertos et tous les duos dont son esprit pouvait se souvenir.

En vérité, ce qui l'inquiétait vraiment, maintenant, c'étaient ses doigts.

S'ils venaient à geler sur le chantier ?

Il suffisait de rien, d'une déchirure musculaire, d'une inflammation des jointures ou d'un mauvais coup sur les phalanges, pour que ce soit le drame et qu'il ne puisse plus jouer, plus jamais jouer.

IV

Le soir, couché sur sa paillasse, il se demandait combien de temps il allait pouvoir tenir.

D'après ce qu'il avait compris des statistiques locales, un type moyen tenait six semaines au mieux. À moins, bien sûr, qu'il ne préfère avant se jeter sur les barbelés.

Il lui restait donc environ trois semaines à vivre. Mais les journées ici étaient longues, et trois semaines devant soi, c'était une éternité.

Mais une éternité qui ne pouvait le laisser en paix. Se jeter ? Ne pas se jeter ?

Heureusement, c'est Anna qui venait alors à son secours... D'abord il l'entendait chanter, très loin au fond de son crâne, puis la voix s'approchait, montait en lui, et tout à coup il la voyait... Il voyait ses longs cheveux... Il voyait ses yeux...

Elle ne comprendrait pas qu'il cède et ne tienne pas leur engagement. Bientôt ! Quoi qu'il arrive !

Et Samuel soudain revigoré se redressait sur sa couche, son cœur battait plus fort, et du regard il faisait le tour de la baraque : « Non, ce n'est pas possible. Ce n'est pas pensable, il y a bien quelque chose qui va se produire… Il y a bien quelqu'un qui va venir… »

Ce quelqu'un, curieusement, ce serait son chef de baraque. Un colosse, une force de la nature, réputé pour son exceptionnelle brutalité.

Un soir, il entra à l'improviste, et d'une voix énorme s'écria : « Quelqu'un sait-il jouer au bridge ? »

Sans réellement comprendre un mot de ce qui venait d'être dit, Samuel cessa de mastiquer son pain et se retrouva debout, au garde-à-vous, devant sa couchette.

« Viens ! » lui dit le chef, toujours en polonais.

Il n'y avait pas d'autres candidats. Le convoi venait de France, et rares étaient les Français à parler polonais.

Rares étaient les Français, il est vrai, à avoir eu le vieux Grégor comme professeur particulier.

Quelques minutes plus tard, sale, pas rasé, n'en croyant ni ses yeux ni ses oreilles, il se retrouvait assis à une table de bridge, dans la chambre du chef, en compagnie de deux de ses acolytes, en apparence d'égal à égal.

La partie avança, et la nuit avec. Une bouteille d'eau-de-vie avait fait son apparition, et chaque levée s'accompagnait d'un verre avalé cul sec.

Samuel, sur sa chaise, se tenait tranquille, et s'arrangeait pour que ses partenaires, qui étaient aussi ses tortionnaires, le remarquent le moins possible.

À un moment donné, pourtant, conduit par son instinct, il se pencha vers le chef, rendu hilare par l'alcool, et lui glissa qu'il était musicien… violoniste…

La grosse tête du chef se leva vers lui, et le dévisagea avec un air de reproche sincère et amer : « Violoniste ? »

Oui, violon… trompette… clarinette… Il aurait même su jouer de la grosse caisse, s'il l'avait fallu.

« Pourquoi tu ne l'as pas dit plus tôt ? Demain, tu restes au bloc, je t'emmènerai voir l'orchestre ! »

Puis s'adressant à l'assemblée : « Un musicien, les amis ! »

« Eh mon gars, t'auras intérêt à nous faire danser ! » lança alors l'un des deux autres, et le trio, pris d'un irrépressible fou rire, se mit à le fêter comme s'il venait de décrocher une décoration.

Pour un peu leur gaieté l'aurait emporté. Cette fois, c'était lui que le sort avait choisi. Aujourd'hui, c'était lui l'élu.

Et c'était pour elle ! C'était pour Anna qui quelque part comme lui se battait, se barricadait pour survivre.

Demain, il jouerait. Demain, il vivrait. Déjà, rien qu'à l'idée de ne pas aller travailler, il se sentit ranimé d'une nouvelle énergie, et il éprouva tout à coup une intense chaleur intérieure.

D'autant que son bienfaiteur, sans doute encouragé par la bonne humeur générale, faisait plus que ce qu'il avait promis.

La partie terminée, à moitié ivre, il lui coupa les cheveux, le rasa de près, puis lui commanda de se laver dans une écuelle posée sur le sol, et de se présenter le lendemain à l'aube.

Demain, propre, rasé, et enfin débarrassé de son infâme pyjama à rayures, Samuel jouerait pour ses bourreaux.

Il jouerait demain pour ses bourreaux, comme autrefois il avait joué pour les bourgeois.

De toute façon, avant de devenir un instrument de soliste, le violon avait longtemps été un instrument de larbin, et il n'était finalement pas si étonnant qu'en ces étranges circonstances il le soit aussi rapidement redevenu.

Seulement, si jusqu'à présent Samuel avait joué pour gagner sa vie, maintenant c'est pour la sauver qu'il devait le faire.

Il n'oubliera d'ailleurs jamais l'éblouissement qui fut le sien lorsqu'il poussa la porte du bloc 15, qui servait à l'orchestre de remise aux instruments.

Sur une cloison de bois, à quelques mètres à peine de ses doigts, étaient accrochés toutes sortes d'instruments, tous plus rutilants les uns que les autres.

Un énorme tuba hélicon, un trombone, quelques trompettes, des saxophones, des clarinettes, et même deux flûtes, dont un piccolo.

Posée par terre, dans un coin, une contrebasse impressionnante avec un archet glissé sous les cordes.

Plus loin, une grosse caisse avec des cymbales et une batterie avec tous ses accessoires.

De l'autre côté, sur une large étagère, visiblement solide et prévue à cet effet, se trouvaient quelques accordéons et quelques violons dans leur étui.

L'un deux était pour lui, et quand ses doigts sentirent le contact du bois, il comprit que désormais il n'était plus tout à fait seul dans cet enfer.

Une seconde étagère, de moindre dimension, était couverte de partitions et d'un tas de papier à musique vierge.

C'est sur ce papier, dérobé à la sauvette, que Samuel écrivit une grande partie de ce qui allait devenir *La lettre à Anna.*

L'instrument en main, accompagné de son bienfaiteur, il se retrouva ensuite dans un lieu qui n'était ni un hall ni un vestibule, mais une sorte de pièce posée là au milieu.

Deux hommes, assis à une grande table, étaient en train de prendre leur petit déjeuner : de la saucisse et des oignons frits.

Debout devant les assiettes fumantes, Samuel avala sa salive et attendit que le chef prenne l'initiative.

Celui-ci s'approcha du plus âgé des deux et, tendant le doigt dans sa direction, lui chuchota quelques mots à l'oreille. C'était certainement le chef d'orchestre. Il lui trouva un air plutôt engageant. L'homme avait pris le prisonnier pour un Français, mais son visage s'illumina quand il apprit qu'en fait Samuel était presque polonais, et qu'en tout cas il parlait la langue.

Des yeux, il lui montra le violon et lui demanda de jouer.

Samuel, une seconde, eut peur de ne plus savoir. D'être incapable de sortir le moindre son. Ses mains étaient raides et meurtries par le froid, ses bras, douloureux.

Ce n'était plus du velours, mais des trous, qu'il avait au bout des doigts.

Et ce n'était pas le trac qui le paralysait, mais la trouille. L'archet d'ailleurs échappa un instant à sa main droite. Sa main gauche, par chance, n'était pas en trop mauvais état. Par contre, ça grinçait à son oreille, et les sons qui sortirent de son violon lui parurent insupportables.

Sans vraiment réfléchir, il s'était dit qu'il serait préférable de jouer quelque chose qui mettrait en valeur sa technique, et, oubliant complètement que ce compositeur était formellement interdit, il se lança dans les premières mesures d'un concerto de Mendelssohn...

Fort heureusement, le chef d'orchestre lui fit rapidement signe de s'arrêter.

« C'est bon… C'est bon… commenta-t-il en se penchant sur son assiette, la fourchette à la main… La technique n'est pas mauvaise du tout… »

La vérité, c'est que, dans son assiette, la saucisse et les oignons étaient en train de refroidir.

« Il faudra que tu passes prendre un uniforme plus convenable… Demain matin, tu sortiras avec tout le monde… Maintenant laisse-nous… Entraîne-toi dehors, tu as les doigts un peu raides… »

Le chef de baraque se révéla un homme de parole. S'il devait vous tuer, il vous tuait. Si par contre il avait décidé de vous aider, alors il vous aidait jusqu'au bout.

Toutes les questions administratives et vestimentaires furent ainsi rapidement réglées et, l'air relativement décent, Samuel se retrouva dehors à se dégourdir les doigts.

Il ne pouvait le faire devant le bloc, cela aurait gêné le travail des copistes. Il s'était éloigné et assis sur une butte, située à mi-chemin du bloc voisin. Sans prêter attention aux coups d'œil moqueurs des « aristocrates » du camp qui passaient à distance, il faisait aujourd'hui avec enthousiasme des exercices qui hier l'auraient ennuyé.

En face de lui s'élevait une rangée interminable de poteaux de ciment au sommet courbé. Ces poteaux étaient reliés par des fils de fer barbelé parallèles, chargés de courant électrique.

Un peu plus loin se trouvait une seconde rangée de poteaux, mais courbés dans l'autre sens.

Entre les deux passait une route sur laquelle avançaient avec lenteur des charrettes pleines de pierres poussées par des bêtes à rayures qui ressemblaient à des êtres humains.

Il était en train de s'entraîner avec acharnement, quand soudain son regard fut attiré par des formes qui rôdaient près des barbelés.

Quelles étaient ces créatures ? Des êtres humains ? Des enfants ?

Quelques-uns s'approchèrent, et c'est alors seulement qu'il comprit que ces êtres au crâne rasé et au visage émacié, vêtus d'uniformes en loques, étaient des femmes, ou plutôt l'avaient été, autrefois.

Elles l'avaient aperçu et, découvrant leurs épaules décharnées et leurs jambes enflées, elles criaient d'une voix suppliante : « Du pain ! Du pain ! » Puis soudain elles s'évanouirent comme des fantômes.

Sur la route en effet était apparu un officier, qui s'arrêta et, à travers les barbelés, se mit à écouter attentivement les exercices de Samuel qui, comme le voulait le règlement, se leva, ôta son calot et se mit au garde-à-vous. Mais aussitôt, le sourire aux lèvres, l'officier l'invita d'un geste de la main à continuer.

Samuel acquiesça et, voulant éviter de croiser son regard, porta ses yeux sur le paysage fait de poteaux, de barbelés et de champs enneigés.

Et si Anna, quelque part, était l'une de ces femmes, l'un de ces fantômes ?

Ce dont il était sûr, c'est qu'elle n'était pas ici. Et, si elle y avait été un jour, elle n'y était plus.

Sous ce ciel trop blanc, perdu au milieu de ce pays sans oiseaux, le camp tout à coup lui sembla désert et, devant la solitude qui était la sienne, la peur soudain le saisit.

Alors que l'officier l'observait toujours, armé de son seul archet il se remit à jouer, mais cette fois ce n'étaient plus des gammes et des arpèges qui sortaient de son instrument, mais une drôle de mélopée… un long… un long et profond sanglot de violon…

Auquel bientôt, de loin en loin, semblant remonter de l'abîme, répondit le piano…

Un piano aérien, beau et triste comme le chant d'un rossignol, un soir de désespoir…

Ainsi est né le premier mouvement de *La lettre à Anna*, œuvre écrite jour après jour, sur la table de la baraque, sans instruments et entièrement en audition intérieure.

Au même moment, en Amérique, à New York, au Minton's Club, quelques musiciens de jazz dont Charlie Parker, Dizzy Gillespie, Kenny Clarke et Thelonious Monk inventaient le be-bop, une sorte de transe qui explosait tout sur son passage et s'imposait comme la danse à la mode dans les meilleurs endroits de la ville.

À l'aube, le matin, avant le départ des équipes, l'orchestre au complet se mettait en rang, par cinq dans l'allée principale, à une distance précise du podium.

Au premier rang les trompettistes, puis un ténor, un basson, des accordéons, des clarinettes, un saxophone, un tambour et une grosse caisse avec des cymbales.

Derrière encore, sur le dos du plus fort, l'énorme hélicon.

Tout au fond se tenaient les violonistes, l'instrument dans une main et l'archet dans l'autre.

L'orchestre rejoignait ensuite en cadence le podium, où, une bonne heure durant, tambours et trompettes en tête, il martelait d'interminables marches militaires pour les différents commandos qui se rangeaient en colonnes et partaient les uns après les autres.

Quand le dernier homme avait quitté le camp, l'orchestre pliait bagage et se disposait de nouveau dans l'allée principale, mais cette fois dans le sens opposé.

Le même cérémonial se répétait alors, tambour, grosse caisse, cymbales, et sur les accords d'une marche joyeuse, cette fois, les musiciens rapportaient leurs instruments au bloc 15.

Puis à leur tour, mais sans musique, eux, si ce n'est celle qu'ils se jouaient dans leur tête, ils se mettaient en rangs et, sous le regard des corbeaux qui rôdaient, prenaient la route de leur chantier.

Son violon n'était pas un très bon violon, et l'archet, bien ordinaire, loin des meilleurs, en bois du Brésil, qui valent le prix d'une limousine, mais, chaque fois qu'il le serrait dans ses bras, Samuel le savait inestimable.

Ce violon, c'était son bouclier. Son armure. Sa carapace.

Quand il le coinçait contre sa joue, qu'il le calait sous la peau, et que soudain le son enflait à son oreille, c'était comme s'il sentait gonfler dans sa poitrine un troisième poumon.

Durant cette période particulièrement clémente, vu les circonstances, Samuel se lia d'amitié avec trois autres musiciens : Henri, un clarinettiste, Jean, un violoniste comme lui, et Étienne, un fameux violoncelliste appartenant à un trio très réputé à l'époque.

Cette amitié explique que *La lettre à Anna* soit écrite pour un quatuor, et c'est sans doute en pensant à eux que Samuel en composa les deuxième et troisième mouvements, de loin les plus sereins.

Le seul hic, c'est que, dans la petite équipe, il y avait un violon de trop, et qu'il manquait un piano.

Il n'avait en effet toujours aucune nouvelle d'Anna. Comment en aurait-il eu ? Cela aurait tenu du miracle.

Écrire ne servait à rien. Impossible de faire sortir un message hors du camp.

Et écrire où ? Passer par qui ? Confier ses lettres aux civils que l'on pouvait croiser sur les chantiers était inutile et vous faisait dépenser l'indispensable.

Ce qui est sûr, c'est que bientôt il n'y eut plus de violon de trop. Et même plus de violoncelle, ni de clarinette du tout.

La faute à la « fête des Moissons », puisque c'est ainsi qu'avait été baptisée l'opération.

La fête des Moissons, qui portait bien mal son nom, consistait, en ce mois de novembre, à transférer la population du camp à l'autre bout du pays, dans un autre camp, plus grand et plus retranché.

Dès le début du mois, derrière les sections 5 et 6, on se mit à creuser des tranchées qui devaient servir, en principe, à la protection des bâtiments. Trois cents détenus y travaillèrent plusieurs jours d'affilée. À la fin, il y avait trois fosses principales de deux mètres de profondeur et cent mètres de longueur.

Des chefs de la police et d'innombrables officiers vinrent alors des villes alentour, et un matin, très tôt, le camp fut réveillé et ceinturé par une patrouille de près de cinq cents hommes.

Devant l'entrée se dressaient deux camions munis de haut-parleurs qui diffusaient à un niveau assourdissant et en alternance des marches militaires et de la musique de danse.

Cette fois-ci, ce n'était pas un violon qui pouvait vous sauver la vie.

L'opération fut déclenchée à six heures du matin. Les prisonniers, réveillés en musique, furent conduits dans les blocs de la section 5, où ils reçurent l'ordre de se déshabiller.

Le commandant coupa ensuite les barbelés entre la section et les fosses.

Des soldats armés jusqu'aux dents s'alignèrent alors de sorte à tracer une large avenue au milieu de laquelle, nus comme des vers, les prisonniers furent précipités vers les fosses.

Tout le temps que durèrent les exécutions, les haut-parleurs, dans un tremblement terrifiant, continuèrent à déverser en alternance des marches militaires et de la musique de danse.

C'est dans son étui qu'il aurait voulu se cacher. Il n'avait plus d'autre endroit sur terre que l'étui de son violon.

L’orchestre lui-même, ce jour-là, fut décimé. En tout et pour tout ne survécurent que le hautbois, le tuba et l’un des saxos.

Là où on allait désormais, même la musique n’avait plus le droit de cité.

Sur les dizaines de milliers de détenus présents dans le camp, on ne laissa la vie qu’à deux cents femmes pour trier et classer tout ce qui avait été pris, et à deux cents hommes pour transporter les corps hors des fosses et les brûler.

Samuel en était. Une fois de plus, et sans plus de raisons que les fois précédentes, si ce n’est la promesse faite à Anna, il comptait parmi les élus.

Ce qui lui valut, entre autres, le sinistre privilège de rejoindre le camp sans nom.

En chemin, sur le peu de papier qu'il avait pu fourrer dans ses poches, il composa les cinquième et sixième mouvements de *La lettre à Anna*, qui font clairement allusion à l'Apocalypse et au Jugement dernier.

Dans ces deux mouvements, en hommage aux amis disparus, le quatuor restait au complet, et, par un tour de force rythmique, les quatre instruments chantaient à l'unisson comme jamais.

V

V

Maintenant tout le monde pouvait bien mourir. La terre était assez vaste. Il y aurait de la place pour tous.

Jamais les anges n'avaient été aussi faibles. On leur avait enlevé leurs vêtements, on leur avait coupé les cheveux.

On leur arrachait maintenant les dents, et on maudissait leur âme comme s'il s'agissait d'un vulgaire scalp.

Les cheveux récoltés passaient la frontière et étaient envoyés à la capitale, où ils servaient à la fabrication de matelas. La Banque centrale, de son côté, collectait les dents en or et les appareils dentaires qu'elle faisait fondre en lingots.

Avec la graisse suée par les chairs, on fit même des essais pour produire industriellement du savon.

Les cendres, quant à elles, étaient utilisées comme engrais et expérimentées dans un potager qui se trouvait juste derrière le bâtiment des fours crématoires.

En réalité, c'était un zombie qui enterrait des fantômes.

Car ce n'était pas lui, non, mais un triste sosie qui œuvrait ainsi pour le diable, et dispersait les cendres de ses frères au vent mauvais. Un bien triste et bien sinistre sosie qui, conscient de sa faiblesse, n'ignorait pas que la fin était proche.

Imprégnée de sueur et de sang, la terre elle-même n'était plus qu'une mauvaise mère malade que plus aucun amour ne pouvait venir réchauffer.

C'était l'hiver. Un hiver éternel, où les arbres étaient couverts de glace et où les cheminées fumaient dans la brume.

Nul brin d'herbe n'y poussait. Rien n'y vivait, en dehors des machines et des esclaves.

Rien, si ce n'est ce petit homme gris, fossoyeur de ses propres frères.

Ses frères aux cheveux sales et à la peau noircie. Ses frères aux paupières enflammées et aux fronts couverts de croûtes.

Ses frères de cœur. Ses frères de cendres également, car c'est de la cendre maintenant qui recouvrait le bout de ses doigts.

Et quand le soir venait, que la nuit autour de lui s'épaississait, que la baraque dans son dos disparaissait, plus rien n'existait au monde que cette table, cette chaise, et cette encre étrange avec laquelle il noircissait les loques de sa chemise.

Samuel, emmuré dans la neige de cet hiver sans fin, aurait écrit avec des silex, s'il l'avait fallu, et même avec son sang, s'il en avait eu assez.

Il écrivait avec la cendre des anges, qu'il mélangeait à un peu de salive. Il écrivait comme ici on mangeait, avec les mains.

Et comme il n'était plus question d'espérer du papier, c'est sur de pauvres morceaux de chemise découpés lors du changement de linge qu'il composa le septième mouvement de *La lettre à Anna*, célèbre pour ses deux très beaux duos et le charmant *scherzo* pour piano qui les prolonge.

Si la chemise avait des manches longues, il coupait les manches.

Sinon, il décousait l'une des nombreuses pièces qui rapiéçaient inévitablement les vêtements qu'on leur fournissait.

Un charmant, et bien étonnant *scherzo* !

À croire que durant l'hiver où il fut composé, c'est réellement de la fourrure que Samuel avait sous les doigts.

VI

Il neigeait.

Il n'arrêtait plus de neiger.

Il neigeait tellement que c'est un mur, une montagne de glace qui se dressait chaque jour plus haute devant lui.

VII

Il neigeait, certes. Il n'arrêtait plus de neiger, mais cela visiblement ne gênait pas l'avancée des Alliés.

Car les Alliés étaient là ! Les Alliés arrivaient ! Ils étaient à trois cents kilomètres. À deux cents. À cent.

Dix jours au moins, les cheminées avaient fumé comme elles n'avaient jamais fumé auparavant, puis, devant la déroute qui s'annonçait, les autorités avaient décidé d'évacuer le camp.

Une dernière fois, les hommes en armes avaient rassemblé tout ce que la sinistre enceinte comptait encore de valides et, à pied, sans rien, ils s'étaient enfoncés dans la forêt pour une ultime marche funèbre.

Seuls les malades, jugés trop encombrants, avaient été abandonnés sur leur couchette.

Les Alliés étaient tout proches. Ils étaient à cent kilomètres au sud. À cent kilomètres au nord. Demain ou après-demain, ils seraient à la porte du camp.

Ceux-là, Samuel avait pourtant de grandes chances de ne pas les voir arriver.

Avoir traversé tout ça pour ça. Pour mourir dans son lit. Pour finir à l'infirmerie, terrassé par cette saleté de typhus.

Il ne savait plus depuis combien de jours, depuis combien de nuits il était là, cloué au lit par la fièvre et les nausées…

Mais ce matin-là, devant le silence, l'immense silence qui régnait dans l'enceinte, il se leva, il se mit debout et alla ouvrir la porte.

Les fenêtres battaient au vent, la tôle des toits grinçait, et les miradors étaient vides.

Les bourreaux avaient disparu, et seuls les corbeaux, qui n'avaient jamais été aussi nombreux, continuaient à rôder autour des baraquements.

Le ciel était clair et il neigeait tout doucement. Une neige bleue et glacée, et au-delà des poteaux, au-delà des barbelés, la plaine devant lui brillait à perte de vue comme le marbre des palais.

VIII

Quand il aperçut la cuillère, par terre, dans la poussière…

Un instant il se surprit à songer à son prix, à ce qu'elle valait ici, en enfer…

Et aux trois rations de pain contre lesquelles il aurait pu l'échanger…

Puis il sentit le manche dans sa main, le contact froid du métal sur sa peau…

Et il comprit à quoi cet ustensile ce jour-là lui servirait.

Sur son poignet…

Là où, avant, il lisait l'heure…

Là où Anna avait posé ses doigts, ses lèvres…

Là où, ce matin encore, il pouvait voir la date de son arrivée, son convoi, sa nationalité…

Désormais, c'étaient des notes… *sol*… *ré*… *la*… *mi*… qui tatouaient sa peau.

Et c'était une clarinette, un long solo de clarinette qui maintenant était en train de s'échapper de ses veines.

IX

Puis les lumières de la salle Pleyel se sont éteintes, et Samuel, la tête levée au-dessus de l'instrument, a senti que le public dans le noir retenait son souffle.

(...)

Quand l'œuvre enfin a été terminée, les spectateurs dans leurs fauteuils ont hésité à applaudir.

Comme s'ils croyaient que ce n'était pas fini… qu'ils espéraient une autre issue…

Tout ce silence.

Cette absence tout à coup.

Non.

Cela ne pouvait pas finir comme ça.

X

Puis les lumières se sont rallumées, et les portes se sont ouvertes.

Mais personne n'a bougé.

Les gens sont restés un long moment à leur place, encore sous le choc de ce qu'ils venaient d'entendre.

Ce qu'ils venaient d'entendre aurait pu s'appeler *Quatuor pour la fin des temps.*

Ou bien encore *Symphonie pour un homme seul.*

Cela s'appelait plus simplement *La lettre à Anna*.

Achevé d'imprimer en juin 2005
par **Bussière**
à Saint-Amand-Montrond (Cher)
pour le compte de la librairie Arthème Fayard
75, rue des Saints-Pères - 75006 Paris

Cet ouvrage a été composé en Caslon par Palimpseste à Paris

35-33-2529-2/01

ISBN 2-213-62329-5

Dépôt légal : août 2005.
N° d'édition : 61009. – N° d'impression : 052412/1.

Imprimé en France